AF377659

GUÍA DE LECTURA

Escrita por Éléonore Quinaux
Traducida por Laura Soler Pinson

Ciudad en llamas

de Garth Risk Hallberg

Entiende fácilmente la literatura con

ResumenExpress.com

www.resumenexpress.com

GARTH RISK HALLBERG

JOVEN AUTOR ESTADOUNIDENSE

- **Nacido en 1978 cerca de Baton Rouge, en Luisiana (Estados Unidos)**
- **Algunas de sus obras:**
  - *A Field Guide to the North American Family* (2007), novela corta
  - *That High, Lonesome Sound* (2012), novela corta
  - *How Fiction Can «Make it New»* (2015), ensayo

Garth Risk Hallberg, originario de Nueva Orleans, nace en diciembre de 1978 en una pequeña ciudad cerca de Baton Rouge. Tras pasar la adolescencia en Carolina del Norte, obtiene un diploma de Letras en la Universidad Washington en San Luis (Misuri) y, a continuación, estudia Bellas Artes. Desde 2004, reside en Nueva York, donde vive con su esposa y sus dos hijos en el barrio de Brooklyn. Es profesor en el Sarah Lawrence College del estado de Nueva York, donde enseña el arte de la escritura novelesca en un programa de estudios específicos dedicado a la profesión de novelista y a la narratología.

Hallberg empieza su carrera literaria redactando novelas cortas galardonadas con algunos premios y publicadas en revisas prestigiosas, como *The New York Times Magazine* y *Book Review*.

CIUDAD EN LLAMAS

LA PROTAGONISTA: UNA NUEVA YORK EN EXPANSIÓN

- **Género:** novela
- **Edición de referencia:** Risk Hallberg, Garth. 2016. *Ciudad en llamas*. Traducido por Cruz Rodríguez Juiz. Barcelona: Literatura Random House. E-book en PDF
- **Primera edición:** 2015
- **Temáticas:** Nueva York, movimiento punk, drogas, familia, crisis, arte, destrucción, corrupción

Ciudad en llamas, publicada en 2015, ha generado ríos de tinta incluso antes de estar disponible en las librerías. De hecho, la editorial estadounidense Alfred A. Knopf detectó la originalidad de la novela de este joven autor y compró el manuscrito antes de que estuviera acabado por dos millones de dólares. Inmediatamente después, otras editoriales iniciaron una puja para adquirir los derechos de traducción, convirtiendo a *Ciudad en llamas* en la primera novela más cara de la historia literaria. Es tal el entusiasmo que ya se ha pensado en una adaptación al cine.

En esta novela, que en seguida alcanzó el estatus de superventas, Nueva York despliega sus avenidas, sus bulevares y sus barrios de clases sociales variadas como una tela de araña en la que se precipitan todos sus habitantes. Con el apagón de 1977 como apoteosis, el relato sumerge al lector en el movimiento punk desde finales de los años 1960 hasta los años 1970, mezclando drogas, gamberros y poderosos dueños de empresas en una ciudad en plena expansión.

RESUMEN

APOCALIPSIS

La noche del 13 al 14 de julio de 1977, Nueva York se ve afectada por un apagón sin precedentes que propicia que ladrones, agitadores y demás criminales hagan su agosto en una ciudad donde se ha cortado la electricidad y, por lo tanto, todo medio de comunicación. En ese contexto muy tenso se enfrentan dos clanes: los miembros de la riquísima familia Hamilton-Sweeney, que reina en la ciudad de Nueva York gracias a tratos e inversiones inmobiliarias cada vez más cuestionables, y un grupúsculo que responde al acrónimo FPH, el Falansterio Post-Humanista, un movimiento punk de extrema izquierda.

Aprovechando la demencia que afecta a Bill Hamilton-Sweeney, el fundador del imperio familiar, Amory Gould, el hermano de la segunda esposa de aquel, desea apoderarse de la riqueza que no le pertenece. Desde hace años, efectúa maniobras para apartar a la descendencia directa de Bill, lo que lo lleva a no dar a su hija Regan más que un pequeño papel en su empresa o a empujar a su hijo William hacia la marginalidad. Así, Amory conspira en la sombra con la mafia, conformada en buena medida por punks dispuestos a hacer cualquier favor a cambio de dinero que en seguida se gasta en azúcar moreno (en inglés, *brown sugar*, metáfora con la que se designa la heroína sin refinar) u otros paraísos artificiales. Si bien hasta 1977 el FPH comete abusos a petición de Gould sin inmutarse, Nicky Caos, el jefe de la banda, decide dejar de someterse a sus órdenes, proclamando una total libertad del ser, tal y como preconiza el movimiento punk. Convence a sus compañeros de que esta libertad solo será efectiva cuando sean exterminados los líderes—como los Gould y los Hamilton-Sweeney—, representantes de la clase alta neoyorquina.

Además de Amory, hay otro eslabón escondido que vincula a estos dos clanes en las antípodas de la jerarquía social: se trata de Samantha Cicciaro. A causa de sus hábitos desenfrenados, esta joven se tira a los brazos de varios punks, hasta llegar a los de Keith, el marido de Regan. Pero, un día, Sam recibe dos disparos en la cabeza en Central Park y es ingresada en el hospital, sumida en un coma del que no despertará.

Precisamente es en casa del padre de esta, artificiero de profesión, donde Nicky Caos roba la pólvora negra que necesita para crear una bomba artesanal que el FPH colocará en el último piso de la torre de los Hamilton-Sweeney para vengar la muerte de Sam y reafirmar la libertad del grupo. Pero la bomba no explota y es descubierta por un amigo de Sam, Charlie, acompañado por el comisario Pulaski, que investiga el asesinato de la joven. Entonces, el FPH cae en el olvido y, por fin, la familia Hamilton-Sweeney puede saborear una paz que ganan por la evicción de los Gould. En efecto, la investigación de Pulaski y el interrogatorio del grupo FPH han permitido sacar a la luz las intrigas de Amory Gould. Entonces, este último huye sin rendir cuentas a nadie.

GÉNESIS

Al principio, el hijo William Hamilton-Sweeney III no soportó la llegada de unos parásitos como los Gould al negocio familiar. Tras la muerte accidental de la madre de William, bastó poco tiempo para que Felicia Gould se comprometiera con su padre, Bill, y dejara entrar a su hermano diabólico, Amory, en su nueva familia. William, rebelde y expulsado de varias escuelas, abandona a su familia al día siguiente del enlace de su padre, ya que no soporta el anuncio de un aborto ocultado de su hermana Regan tras una violación, por el que recibe una «indemnización» con su ingreso en el círculo responsable de la toma de decisiones de la empresa paterna.

Asqueado por ese entorno sin valores, William primero deambula con los drogadictos de la ciudad y se convierte en pintor. Se une al movimiento punk y, a finales de los años 1960, funda un grupo de música bautizado Ex Post Facto. Entre sus admiradores, se encuentra Nicky Caos, el futuro fundador del FPH, que además acabará uniéndose a la banda. Homosexual, irascible y drogadicto, William, conocido bajo el pseudónimo Billy Tres-Palos, abandona rápidamente los escenarios para llevar una vida libre dividida entre su *loft* de Hell's Kitchen (barrio de Manhattan), que comparte con su novio Mercer Goodman, y su taller del Bronx.

Por su parte, Regan vive los reveses de una vida familiar fallida: su esposo Keith la engaña y se encuentra perdida entre sus dos hijos, a los que debe educar, y sus crisis de anorexia recurrentes. También en esta época Samantha Cicciaro descubre los bajos fondos neoyorquinos junto a su amigo Charlie Weisberger. Los dos jóvenes le toman gusto progresivamente, pero todavía desconocen que codearse con este entorno llevará al fallecimiento de Sam, fan incondicional de música punk.

RESURRECCIÓN

Samantha, que mantiene una relación con Nicky Caos, alimenta los celos de C. A., novia de este último y miembro del FPH. Para vengarse, C. A. ofrece una descripción de Sam a otro miembro del grupo como si esta fuera una enemiga de su movimiento, dispuesta a revelar sus planes al bando enemigo, el de los Hamilton-Sweeney. Y es que la joven también es la amante de Keith, el marido de Regan. Así, Samantha, descendiente de varias generaciones de artificieros italianos, es asesinada por D. T. en un momento en el que los propios artificieros están en vías de extinción.

Por su parte, William, perseguido por el maquiavélico Amory, decide entrar en rehabilitación. Por fin comprende que su vida nunca fue tan libre como pensaba. De hecho, los espías de Amory lo vigilaban constantemente, asegurándose de que no volviera a la familia y que siguiera su prolongada caída hacia la muerte. Una vez curado y deseoso de desbaratar los planes de su tío sin escrúpulos, vuelve al círculo familiar para defender los derechos de su hermana Regan y de su padre, amenazados por unos juicios escandalosos de los que la familia no se habría repuesto.

Tras el apagón, William retoma el contacto con Mercer, su novio al que ha abandonado por un tiempo a causa de los estragos de la heroína, y prosigue su trayectoria artística, mientras gestiona los asuntos familiares junto a su hermana, quien ha perdonado las aventuras de su esposo. William, que lucha contra su seropositividad, trabaja hasta su muerte para devolver a Nueva York su vena artística, creando un tríptico titulado *Prueba*. Esta obra presenta las diversas facetas de la megalópolis y la sitúa en la perspectiva conceptual que afirma que ciudad y arte se entremezclan en los matices más oscuros y más resplandecientes.

ESTUDIO DE LOS PERSONAJES

LA FAMILIA HAMILTON-SWEENEY

Roebuck Hamilton Junior

Los Hamilton son originarios de Connecticut, en el condado de Fairfield. El bisabuelo de William, Roebuck Hamilton Junior, habría nacido en Manchester, en Reino Unido. Con 19 años, llega en barco a Nueva York y va a pie hasta Virginia Occidental. En cinco años, se convierte en el propietario de más de la mitad de los yacimientos de carbón de la región e instala sus oficinas en Manhattan. Un poco más tarde, se muda con su familia al norte de la Quinta Avenida para estar más cerca de su empresa. Roebuck tuvo la suerte de poder contar con la fortuna de su mujer, que viene de las fábricas de cerveza de los Sweeney, en Belfast, razón por la que sus apellidos se unen. El bisabuelo de William vende sus participaciones de la empresa en 1890. Con el dinero de la venta, invierte en diversas compañías, y de estos fondos de inversión nace la fortuna de Bill Hamilton-Sweeney y de sus descendientes.

William

William Hamilton-Sweeney III es el bisnieto de Roebuck y el hijo de Bill Hamilton-Sweeney y de Kathryn Hébert, una católica nacida en Nueva Orleans. Es el heredero de una gran familia que posee bienes muebles e inmuebles. Siendo un adolescente díscolo, se rebela contra el nuevo enlace de su padre y abandona el hogar familiar. Es homosexual y tiene una vida sexual desenfrenada. Comparte su *loft* de Hell's Kitchen, situado en una antigua fábrica de pastillas mentoladas, con su pareja, Mercer Goodman.

Es miembro del movimiento punk y, en 1973, crea un grupo de *rock* al que llama Ex Post Facto. En origen, este grupo está compuesto por cuatro músicos: Big Mike a la batería, Nastanovich a la escritura, Venus de Nylon al teclado y al vestuario y William, apodado Tres-Palos, a la voz, en la composición y a la guitarra. Nunca se separa de su chupa de cuero en la que figura el nombre del grupo, incluso después de su separación. El grupo busca un nuevo lugar para ensayar y es un chico, Nicky Caos, quien encuentra el sitio. Poco después, este entra en Ex Post Facto.

William, que también es un artista pintor, tiene un taller en el Bronx y acumula deudas. Con 33 años en el momento de su relación con Mercer, se comporta como un adolescente, se levanta hacia las 15:00, no ordena ni limpia nada y siempre tiene muchas ganas de azúcar por su antigua dependencia a la heroína. Acude con frecuencia a la estación de Grand Central para conocer a chicos o para proveerse de droga. Es Bruno Augenblick, un profesor de dibujo, quien lo orienta en la elección de sus estudios. Este último también tiene una galería y, de hecho, se encargará de la herencia artística de William. Una vez que los Gould hayan sido apartados del imperio Hamilton, William gestionará la empresa de inversión junto a su hermana Regan, pero siempre preferirá dedicarse a su producción artística.

A finales de los años 1980, William es diagnosticado seropositivo y ve cómo su estado de salud se deteriora a partir de 2002. Cuando muere, Bruno organiza una retrospectiva de su obra de los años 1970 llamada *Prueba I. Prueba III*, la obra en la que trabaja a partir de 2001, se entrega en herencia a su sobrino Will, el hijo de Regan. Es enterrado en el panteón familiar de Connecticut.

Regan

Regan es la hermana mayor de William; tiene cuatro años más que él. Regan, pelirroja con tendencias anoréxicas, fue violada en la casa de vacaciones de los Gould a manos de un tal L., cuyo padre venderá poco después su empresa a la de los Hamilton-Sweeney. Ella acepta silenciar esta agresión y abortar en secreto a cambio de un puesto con responsabilidades dentro de la empresa familiar, con lo que renuncia a su sueño de carrera teatral.

Se casa con Keith Lamplighter, un corredor empleado en la empresa de su padre, que contrata Amory —el tío de Regan— tras haber demostrado su valía en otra compañía, y que renuncia a efectuar estudios de medicina. La pareja tiene dos niños, Will y Cate. Keith es muy egoísta y otorga poca importancia a su familia. Lleva a Sam, su amante, a su piso, una escena a la que asiste el pequeño Will. Entonces, Regan abandona a su marido y se instala en Brooklyn. Aunque vive una pequeña aventura con un empleado de la empresa, Andrew West, mucho más joven que ella, Regan vuelve con su esposo tras el apagón.

Los Gould

Los hermanos Amory y Felicia Gould se acoplan y se imponen en la familia Hamilton-Sweeney tras la muerte de la esposa de Bill. Estos antiguos adolescentes huérfanos han vivido en una casa sin luz, donde se calentaban quemando muebles y comían conservas pagadas con el sueldo de repartidor de Amory. Felicia es la segunda esposa de Bill, y Amory, al que llaman tío Amory (o Hermano Diabólico), en seguida ocupa un lugar importante en la empresa de su cuñado.

Hacen todo lo posible por apartar a los hijos de Bill —sus herederos— de la familia y de la empresa para poder ejercer el control sobre la empresa y su capital. Son personas despreciativas e hipócritas, dotadas de una mente manipuladora. Amory sabe adaptarse al poder y manipular su entorno para aplastar con más fuerza a sus rivales y alcanzar su objetivo. Manda que vigilen a William y, a través de transacciones fraudulentas, quiere tener un dominio de la ciudad y de los mercados. Incluso contrata al FPH para provocar incendios en la urbe. En cuanto salen a la luz sus maniobras, Amory abandona Estados Unidos por avión —se va a Hong Kong temporalmente— y ya no da de qué hablar. Por su parte, Felicia cae en el olvido.

OTROS PERSONAJES

Mercer Goodman

Mercer Goodman es un afroamericano de 24 años que se viste a menudo con pana. Tiene un estilo burgués y es rollizo. No está para nada de acuerdo con el movimiento punk. Tras haber compartido alojamiento con un amigo de C. L., su hermano, se viene a vivir con su novio, William, a Hell's Kitchen. Es originario de Altana, en Georgia, y se muda a Nueva York para enseñar inglés a las alumnas de noveno de la Escuela Femenina Wenceslas-Mockingbird de Greenwich Village. Sueña con escribir la gran novela estadounidense, en mayúsculas, pero no lo logra por falta de inspiración.

Al principio, no sabe nada acerca de los orígenes de William. Cuando descubre que este último forma parte de los Hamilton-Sweeney, intentará obligar a su pareja a volver a ponerse en contacto con los suyos, citándose con Regan, cuya hija pequeña, Cate, está matriculada en su escuela. Por su parte, también tiene grandes problemas relacionales con su familia. Su padre, amputado de una pierna, ya casi no le habla desde que se fue a Nueva York, las llamadas con su madre son lacónicas y la conducta de su hermano C. L. le preocupa. Este último fuma mucho cannabis y ya no razona correctamente desde que volvió de luchar con el ejército estadounidense, del que forma parte; ve el mal, la sangre y la violencia por todas partes. Es Mercer quien descubrirá el cuerpo de Samantha en Central Park en la noche de Año Nuevo de 1977.

Samantha Cicciario

Samantha Cicciario es de origen siciliano. Su padre, Carmine, es un artificiero, al igual que lo era su abuelo. Este último llegó a Ellis Island en 1907-1908, ya que fue expulsado de Sicilia por los lugareños, que pensaban que había firmado un pacto con el diablo, mientras investigaba para encontrar fórmulas para los fuegos artificiales.

Cuando era pequeña, Sam estaba más bien rolliza, pero el consumo de tabaco y de droga la hicieron adelgazar considerablemente. Su madre, que también era yonqui y a menudo estaba drogada, los abandonó a ella y a su padre por otro hombre. Antes de instalarse en Nueva York, vivían en California.

Su padre no tiene mucho control sobre ella y sobre su educación. Pierde su virginidad con 14 años y siente una cierta pasión por los hombres más mayores, como Nicky y Keith. Es amiga de Charlie y se tatúa en la nuca una pequeña corona cuya simbología crea este último. Esta corona, con puntas que recuerdan a llamas y espadas, representa su adhesión al movimiento punk y la idea de que debe rechazarse la sociedad, ya que está corrompida por el crimen. Cuando es adolescente, Sam acude a una escuela privada que, a continuación, le permite entrar en la universidad, donde le habría gustado orientarse hacia un ámbito artístico, como la fotografía, por la que siente pasión. Por desgracia, la joven es asesinada y sus proyectos universitarios, abortados.

Sam es un miembro del entorno punk que traba amistad con los miembros del grupo FPH; de hecho, escribe fanzines sobre este movimiento. La encontrarán con dos disparos en la cabeza en Central Park la víspera de Año Nuevo, víctima de seguidores del movimiento punk, D. T. y C. A., una chica a la que consideraba su amiga.

Charlie Weisbarger

En 1976, Charlie tiene 17 años, es pelirrojo y vive en el barrio de Flower Hill. Ha conocido a Sam y comparte los gustos musicales de la joven (en especial, con respecto al grupo Ex Post Facto). Ha sido adoptado por una familia judía, cuyo abuelo lo acoge en su regazo cuando su padre adoptivo muere tras un infarto. Tiene hermanos gemelos, Abe e Izzy, más jóvenes que él.

Charlie se une al movimiento punk, pero, al ser asmático y no poder fumar, consume la droga más bien en forma de pastilla. Decide raparse el pelo y, cuando vuelve a crecer, se lo tiñe de negro. Le gusta el sombrero con ala de piel de su abuelo.

Charlie es especial porque da la sensación de que se comunica con el mundo, como si fuera el único que comprende la sucesión de acontecimientos que todo individuo vive, y esta característica se ve reforzada con su enorme consumo de drogas cuando frecuenta a los miembros del FPH, a los que se une provisionalmente. De hecho, se le apoda el Profeta. Cuando muere su padre, David, sigue una terapia del duelo con el doctor Altschul que abandona en seguida, porque prefiere acudir a la casa okupa de Nicky Caos.

Cuando busca respuestas para la muerte de Sam, se acerca cada vez más a Nicky y llega a sus oídos que el FPH ha fabricado una bomba. Cuando acude acompañado por el inspector Pulaski a la torre de oficinas de Hamilton, Charlie se ve atraído por una ventana abierta en la planta treinta del edificio y se tira por ella, decepcionado por no haber encontrado la bomba, convencido de que su muerte restablecerá el orden en la ciudad y seducido por el vacío como si la naturaleza reclamara a su Profeta. Su acto disparatado le permitirá caer en el andamio en el que está colocada la tan buscada bomba del FPH.

El grupo FPH

El FPH agrupa a punks que predican la desvinculación total de la sociedad capitalista, el rechazo a toda regla y, por consiguiente, la libertad total del individuo. El grupo está compuesto fundamentalmente por Solomon Grima, un ingeniero de sonido alto y robusto conocido con el diminutivo de Sol, y por su novia C. A. (que a continuación será la de Nicky).

Nicky Caos es el líder del grupo y siempre ha querido imitar a William (pinta y toca la guitarra como él). Nicky desea volver a reunir al grupo Ex Post Facto tras su disolución, pero William se niega a que lo haga con ese nombre. Por eso, se llamarán Ex Nihilo. Otro miembro del FPH es quien está tras las iniciales D. T. A menudo, van acompañados por Sam y, después, por Charlie. Para sobrevivir y seguir en su casa okupa, estos miembros se financian cometiendo delitos (saqueos, robos, agresiones, incendios) por cuenta de Amory Gould.

Larry Pulaski

Lawrence J. Pulaski es un inspector de policía deforme que se desplaza con muletas, ya que tuvo la polio (enfermedad que afecta al sistema nervioso y que puede conllevar una parálisis de los miembros inferiores). De hecho, durante mucho tiempo se mantendrá como inspector adjunto por su incapacidad física de acudir sobre el terreno. Está casado con Sherri, diez años más joven que él, que espera con impaciencia su jubilación.

Interroga a Mercer Goodman tras descubrir el cuerpo de Samantha. Cuando descubra la bomba con Charlie, con el que colabora desde que se lanza tras él, Pulaski también resolverá la investigación sobre el asesinato de Samantha.

CLAVES DE LECTURA

EL MOVIMIENTO PUNK

La fuerza de la novela de Garth Risk Hallberg reside en el hecho de que la ficción remite a una época real de la historia de Nueva York. Escribe un relato imaginario en un marco muy real. Así, aunque el apagón de 1977 (corte de energía generalizado que derivó en muchos desórdenes sociales) marcó la ciudad de Nueva York con los altercados y los miles de arrestos que le siguieron, el movimiento punk también está presente en la urbe en las décadas descritas por esta novela.

La ideología punk, que surge en 1975 en Inglaterra —el término viene del argot *cockney* y significa «podrido, sucio»— toca muchas formas artísticas: música (con grupos emblemáticos como Blondie, The Clash, Sex Pistols, The Stranglers y Talking Heads), pintura (los artistas estadounidenses Richard Jackson y Steven Parrino son buenos representantes), grafiti, danza, literatura, cine, etc. En Estados Unidos, desde un punto de vista musical, está relacionada con las canciones tocadas con guitarras eléctricas y compuestas por pequeños grupos que se reúnen en lugares poco visibles como garajes, tal y como hace el grupo Ex Post Facto en la novela. Es Lester Bangs, un crítico musical, quien habría utilizado esta palabra por primera vez en los años 1960 para definir este tipo de música.

El movimiento punk pretende recoger el testigo de la ola de protestas que trajeron los *hippies*. Sus miembros quieren influir en las mentes a través de la provocación y de la apropiación de objetos y de símbolos de la sociedad, a la que consideran mediocre. Los punks luchan contra el orden establecido, tal y como preconiza Nicky a través del FPH. Tienden a la anarquía, a la improvisación y a la urgencia, lo que alimenta muchos altercados. Su visión del mundo y del futuro es negativa: la juventud no puede albergar ninguna esperanza en la sociedad, demasiado corrompida y dirigida por los más fuertes. Este pensamiento negativo genera autodestrucción, sobre todo a través del gran consumo de droga. Físicamente, se les reconoce por llevar imperdibles como pendientes (como hace Sol), la cresta mohicana, con la que soñaba Charlie, *piercings* y otros tatuajes, o también, por apropiarse o reasignarse ropa en masa (como las camisetas recortadas de Charlie, de Sam o de Nicky). Sus ideas se difunden sobre todo en el ambiente *underground* representado en esta novela por escenarios efímeros, como el de Vault, una sala a la que solo acuden algunos habituales del movimiento punk, así como miembros de los Ángeles (club de moteros). No se hace ninguna publicidad para esta sala casi abandonada; hay que formar parte del movimiento para conocerla.

Dado que al principio no goza de buena fama, el pensamiento punk debe su etapa de bonanza a su difusión a través de medio afines, como los fanzines que produce Sam. Para los especialistas, el movimiento punk original habría muerto en 1977, fecha en la que se vuelve demasiado común y demasiado mediático y, entonces, abandona sus cimientos. No obstante, continúa en los años 1980 con grupos musicales contestatarios, que luchan contra el racismo o por los derechos de la mujer.

UNA NOVELA DE LA CIUDAD

Por muy moderno que sea su estilo, que a veces es

sincopado y, a veces, retoma órdenes urbanísticas (*Walk/Don't walk*, como rezan los semáforos peatonales), Hallberg se inscribe en una tradición muy anterior a la época contemporánea. De hecho, *Ciudad en llamas* presenta Nueva York como un conjunto que contiene muchos barrios que sumergen y engloban a sus personajes, como si no existieran fuera de la propia urbe, tal y como había hecho antes que él Georges Rodenbach (escritor belga, 1855-1898) en *Brujas la muerta (1892)*, en la que los canales de la ciudad retienen como prisionero a su protagonista.

Igualmente, los estrechos vínculos entre los personajes, las relaciones que aparecen entre ambientes que son muy distintos, la oposición entre los habituales de la ciudad, como William, y la gente de fuera de la urbe, como Mercer, recuerdan a los autores franceses del siglo XIX. Y es que en estas páginas se esboza una especie de comedia humana a lo Balzac. Las oposiciones entre los personajes están muy presentes, al igual que las distintas concepciones del mundo: la visión destructora del mundo de un William drogadicto se opone al optimismo que intenta conservar Mercer. El nihilismo del movimiento punk se opone al carácter religioso que encontramos en la familia judía de Charlie. La pobreza de Hell's Kitchen linda con las riquezas de los *penthouse* que rodean Central Park. Este juego de dicotomías y de repeticiones, este hincapié en caracteres que cambian en función de los barrios en los que evolucionan los protagonistas recuerdan la función psicológica de la ciudad en los personajes, tal y como aparece en otro gran escritor, Fiódor Dostoyevski (escritor ruso, 1821-1881) y su famoso *Crimen y castigo* (1866).

Aunque el lector sigue a distintos grupos de individuos, las descripciones, las conductas, la afiliación y los pensamientos de los diversos ambientes están sistemáticamente unidos a un barrio, como si el auténtico protagonista del relato finalmente no fuera humano, sino muy urbano. La ciudad como tal conserva y observa a estos hombres, e influye en ellos a su antojo. Además, la variedad de los planos, las focalizaciones que a veces se centran en un personaje y, a veces, en un grupo, en un barrio o en una sala, dan un aspecto cinematográfico al relato. Esta ciudad pretende ser viva y reactiva, como la ciudad que describe el autor belga Grégoire Polet (nacido en

1978), que en *Madrid no duerme* (2005) también nos presenta una novela cuyo protagonista no es un narrador, sino un marco, un lugar, un número infinito de callejuelas que se sitúan cerca del teatro en el que los humanos que las recorren finalmente no son más que marionetas, al igual que los protagonistas de *Ciudad en llamas*, que parecen dirigidos por la ciudad de Nueva York.

LA OMNIPRESENCIA DE LAS MARCAS Y DE LA MÚSICA

Una de las características de la novela contemporánea —ya sea francófona o anglófona— es el refuerzo del aspecto realista del relato con referentes comunes para todos los lectores, sea cual sea su nivel educativo. No obstante, las marcas estás omnipresentes en los medios de comunicación y, de esta manera, se convierten en un buen punto de referencia para los lectores. Además, al igual que Michel Houellebecq (escritor francés nacido en 1956) que lo emplea en su novela *El mapa y el territorio* (2010) o Frédéric Beigbeder (escritor francés nacido en 1965) en *Windows on the World* (2003), Garth Risk Hallberg salpica su texto de elementos publicitarios que, al final, se convierten en una especie de lingüística que permite que todos sus lectores, tanto estadounidenses como no, participen en un mismo campo identitario. Todo individuo originario de un país industrializado comparte una misma cultura, un mismo sistema económico y modos de difusión semejantes. Por consiguiente, cada individuo que pertenezca al mundo occidental es susceptible de conocer y de utilizar los mismos productos.

Así pues, el autor desliza referencias mediáticas que provocan una fuerte contextualización de su relato y funcionan como remisiones afectivas. El lector se pasea mejor por las páginas de la novela y las distorsiones del discurso, puesto que conoce los productos a los que se alude. Así, Mercer come macarrones con queso Velveeta y compra el regalo de navidad de William en Bloomingdale's, una gran cadena de tiendas estadounidense, mientras que Keith hace la compra en un Gristedes, un supermercado neoyorquino muy conocido. Los personajes teclean en máquinas de escribir IBM u Olivetti, o escriben con un bolígrafo Waterman. Cabe señalar que estas marcas se añaden por todas partes en la descripción, pero no contienen datos cualitativos. No hay publicidad implícita, como si el objeto mencionado por su marca llevara un valor neutro, simplemente como cosa, y no como incitación al consumo.

Para acabar, esta omnipresencia intempestiva de las marcas en el texto encarna el reflejo de nuestra vida diaria. ¿Quién sigue prestando atención a los eslóganes publicitarios que aparecen en las paradas de bus o de metro y en las revistas? Forman parte de nuestra cultura urbana y, como tal, figuran de pleno derecho en una novela cuyo escenario es el entorno urbano, el de la ciudad de Nueva York, particularmente famosa por sus carteles publicitarios de colores. Así, en cierta manera, estas marcas encierran un sentido: participan en la cultura; permiten arraigar a los personajes en un contexto realista; y relacionan a todo el mundo con un fenómeno de mundialización donde, sin importar en qué continente se encuentre, cualquier lector comprende a la perfección a qué hace referencia el autor, siempre que frecuente un ambiente donde reine el capitalismo. Por lo tanto, la marca es un vector de una universalidad semántica.

Junto a estas menciones, también cabe señalar

que el aspecto realista se ve reforzado por la mención de referencias a canciones o a cantantes contemporáneos a los acontecimientos descritos. Así, Samantha es una fan absoluta de Patti Smith (cantante y música punk estadounidense, nacida en 1946) y adora su álbum *Horses*, publicado en 1975; el movimiento punk se identifica con los Ramones (grupo de rock estadounidense, 1974-1996); Charlie está fascinado por el icono Ziggy Stardust, personaje ficticio encarnado por el cantante británico David Bowie (1947-2016). De nuevo, el lector asiste a una hipercontextualización de los acontecimientos a través de una gran referencia musical. De la misma manera, los interludios que marcan el final de cada parte reproducen documentos que supuestamente son auténticos: notas de un periodista acerca del entorno de los artificieros, inserción de uno de los fanzines de Sam que había dirigido a Keith, correo electrónico de Will enviado a su madre Regan en relación a las medidas que tomar con la herencia de su tío William y su obra monumental, *Prueba III*, etc.

PISTAS PARA LA REFLEXIÓN

ALGUNAS PREGUNTAS PARA PROFUNDIZAR EN SU REFLEXIÓN...

- ¿El estilo de Garth Risk Hallberg se corresponde con la escritura de las novelas contemporáneas estadounidenses? Justifique su respuesta.
- ¿La violencia de los protagonistas podría relacionarse con la del protagonista de *El guardián entre el centeno* (1951), la novela de J. D. Salinger (escritor estadounidense, 1919-2010)? Justifique su respuesta.
- ¿La ciudad de Nueva York que se describe en esta novela presenta semejanzas con Brujas o Madrid, escogidas por los autores belgas Rodenbach y Polet? Justifique su respuesta.
- ¿Cree que esta novela es apropiada para todos los públicos, teniendo en cuenta el carácter explícito de algunas ideas? ¿Por qué?
- Anote las canciones que aparecen en las páginas de esta novela. ¿Le parece que su contenido se corresponde con el mensaje que

trasmiten los personajes de este libro?

- Garth Risk Hallberg emplea muchas referencias de marcas y de música. ¿Qué busca con ello?
- ¿Qué explicación podemos dar acerca de la relación entre el título y el contenido de la novela?
- En Balzac (escritor francés, 1799-1850), cada personaje clave encarna un valor, un sentimiento, un vicio. ¿Podría determinar qué elementos están representados por cada personaje importante de esta novela?
- ¿Se puede catalogar *Ciudad en llamas* como novela policíaca? ¿Por qué?
- ¿Conoce otras novelas en las que los autores hayan elegido interrumpir su narración para intercalar documentos supuestamente auténticos? ¿Qué impacto tienen estos documentos en la narración?

¡Su opinión nos interesa!
¡Deje un comentario en la página web de su librería en línea,
y comparta sus favoritos en las redes sociales!

PARA IR MÁS ALLÁ

EDICIÓN DE REFERENCIA

- Risk Hallberg, Garth. 2016. *Ciudad en llamas*. Traducido por Cruz Rodríguez Juiz. Barcelona: Literatura Random House. E-book en PDF.

ESTUDIOS DE REFERENCIA

- De Messe, Isabelle. 2013. *Fiche de lecture sur* L'Attrape-cœurs *de Jerome David Salinger*. Bruselas: LePetitLittéraire.fr.

- Dewez, Nausicaa. 2014. *Fiche de lecture sur* Bruges-la-Morte *de Georges Rodenbach*. Bruselas: LePetitLittéraire.fr.

- O'Hara, Craig. 2004. *La philosophie du punk. Histoire d'une révolte culturelle*. París: Rytrut.

- Polet, Grégoire. 2008. *Madrid ne dort pas*. París: NRF.

- Rodenbach, Georges. 1998. *Bruges-la-Morte*. París: Garnier Flammarion.

- Salinger, Jerome David. 2002. *L'Attrape-cœurs*. París: Pocket.

- Sini, Lorella. 2014. "Les noms propres de marques

dans quelques romains contemporains". *Les noms dans la vie quotidienne. XXIV Congreso Internacional de ICOS sobre Ciencias Onomásticas.* Barcelona: s. l.